AV ROY.

SIRE.

Voſtre Vniuerſité de Paris ſe jette aux
pieds de Voſtre Majeſté, pour vous rendre vn hommage d'autant plus veritable
& ſincere, qu'elle fait profeſſion publique

B

d'enseigner à vos Peuples l'amour, le respect, & l'obeïssance qu'ils doiuent à leur
Souuerain, & qu'elle employe pour les y
retenir, outre la force de la raison, &
la persuasion de l'exemple, les liens mesmes de la Religion, qui sont beaucoup
plus puissants que tous les autres.

Elle croiroit, SIRE, manquer à son
deuoir, si aprés qu'en vn seul voyage vous
auez surmonté la rigueur des saisons, l'in-
solence des Rebelles, l'audace des Ennemis, & l'esperance mesme de vos bons
Sujets, elle ne mesloit sa voix & ses eloges
parmy les acclamations publiques, qui
peuuent seules maintenant troubler le repos de Vostre Majesté.

Ce n'est donc pas seulement pour sa-
tisfaire à la coustume, que nous venons
SIRE, presenter ce Cierge à Vostre Majesté, mais nous nous seruons aussi de cette occasion fauorable, pour venir luy témoigner la joye que nous auons de la voir tout
enuironnée des rayons de la gloire.

Er

HARANGVES
FAITES EN PRESENTANT
LES CIERGES
AV ROY,
A LA REYNE,
A LA REYNE D'ANGLETERRE,
ET
A MONSIEVR FRERE VNIQVE
DV ROY.

Le 2. Février 1654. iour de la Purification
de la Vierge.

PAR MONSIEVR LALEMANT
Recteur de l'Vniuersité de Paris.

A PARIS,

Chez CLAVDE THIBOVST, Libraire ordinaire
de l'Vniuersité.

M. DC. LV.

En vous apportant ce Cierge, SIRE, nous ne vous apportons point de lumiere, mais nous venons, SIRE, pour en re-ceuoir de Voftre Majefté.

B

A LA REYNE.

ADAME,

L'Vniuerſité de Paris vous preſentant ce Cierge, fait preſque la meſme choſe, que l'Egliſe dans la ceremonie d'auiourd'huy ; Et comme dans le deſſein reſpectueux, que ce ſaint Iour inſpire aux Fideles d'offrir des Cierges à Dieu ſur les Autels, ils ne preſument pas de luy donner de la gloire, mais ils

esperent d'en obtenir des graces : De mefme si nous consacrons celuy-cy à Voftre
Majefté , c'eft moins pour luy rendre de
l'honneur , que pour nous en procurer à
nous-mefmes ; & nous venons prendre
vne partie des richeffes qui font fur l'Au-
tel , en y apportant vne offrande.

Il n'appartient, M A D A M E, qu'aux
perfonnes communes , & aux merites vul-
gaires, d'emprunter leur éclat des hommages & des loüanges des autres , mais
les grandes lumieres de la terre, auffi bien
que celles du Ciel , ne peuuent briller que
de leur propre fplendeur.

Vous eftes, M A D A M E, la fource
de celle qui fait tout noftre bonheur, c'eft
à voftre bien-heureufe fecondité que
noftre fiecle eft obligé de fon Soleil; C'eft
à elle que la France doit vn Prince le
plus accomply, qui fortit iamais des
mains de Dieu.

Vous en auez fait par la naiffance vn
enfant de miracle , & vous en faites par

voſtre conduite le miracle des Roys.

Vous l'auez, MADAME, fait triompher glorieuſement de tous ſes Ennemis eſtrangers & domeſtiques; Vous auez eſté comme cette Colomne de feu, qui conduiſoit autrefois le Peuple de Dieu parmy les tenebres de la nuit, les precipices du deſert, & les embûches de leurs Ennemis; Ou pluſtoſt, MADAME, nous vous regardons comme vn flambeau qui ſe conſume pour le bien de la France, dont vous eſtes deuenuë la Mere auſſi bien que du Roy. Nous ſçauons, MADAME, que nous deuons la tranquillité de ce Royaume à la clemence de Voſtre Majeſté, & à la ſageſſe de ſes Conſeils. Nous ſçauons les ſoins que vous apportez pour donner à tout le monde la paix generale, dont nous joüirions depuis long-temps, ſi l'opiniâtreté des Ennemis de l'Eſtat n'auoit empêché l'effet de vos bons deſſeins.

Le moyen donc, MADAME, de donner quelque éclat à de ſi grandes lumieres;

tout

tout ce que nous pouuons, eſt de conce-
uoir des vœux pour rendre la gloire de
Voſtre Majeſté auſſi tranquile qu'elle eſt
éclatante. Nous luy ſouhaittons la lon-
gue & la paiſible poſſeſſion d'vn bien, dont
nous ſommes riches auec elle. Aprés cela,
MADAME, nous n'auons rien à vous
deſirer, que la continuation des graces de
Dieu ſur Voſtre Majeſté, dont nous ne
ſommes pas moins les tres-humbles Sujets
par le tres-profond reſpect que nous auons
pour ſa pieté, & pour toutes ſes autres
vertus, que par le droict legitime de ſa
puiſſance ſouueraine.

A LA REYNE
D'ANGLETERRE.

MADAME,

Ce n'eſt pas ſeulement à la Fille de Henry le Grand, & à la Tante de noſtre Auguſte Monarque, c'eſt encore à vôtre pieté exemplaire, & à toutes vos autres vertus, que nous venons offrir ce Cierge, & rendre nos hommages.

L'Affliction que vous ſouffrez, MA-

DAME, depuis ſi long-temps auec vne conſtance veritablement heroïque, nous donne autant de reuerence pour Voſtre Majeſté, que la Grandeur de vôtre naiſſance Royale, & vôtre qualité de Souueraine de trois grands Royaumes. Nous reſpectons autant en voſtre Perſonne le doigt de Dieu qui vous touche, que le doigt de Dieu qui vous éleue. Les Roſes, dont la Couronne d'Angleterre eſt tiſſuë, ne nous ſont pas moins venerables, pour eſtre enuironnées d'eſpines; & cette Croix interieure, que Ieſus-Chriſt luy-même vous imprime dans le cœur, ne nous paroiſt pas moins éclattante, que celle, que vous portez ſur la teſte comme vne marque de vôtre authorité.

Nous admirons, MADAME, comme ayant tous les ſentiments d'vne bonne mere, & toute la tendreſſe d'vne fidele Eſpouſe, vous auez auſſi toute la conſtance d'vne grande Reyne.

Il faut MADAME, que Vôtre Ma-

jesté agisse par des principes plus purs &
plus éleuez, que ne sont ceux de la Mora-
le & de la Politique. Vous adorez le
bras qui vous frape ; vous vous soûmettez
à la prouidence de celuy, par qui les Roy
regnent, & dont les desseins sont tou-
siours iustes parmy les iniustes entreprises
des Rebelles.

Et ce sont, MADAME, ces vertus
qui rendent plus illustre Vostre Majesté
que tous les tiltres de puissance souueraine ; & qui portent aujourd'huy l'Vniuersité de Paris, à venir rendre ses tres-
humbles Respects & presenter ce Cierge
à Vostre Majesté, non seulement comme à vne des plus grandes Reynes du
monde, mais encore comme à vne des
plus pieuses Princesses de la Chrestienté.

A MON

A MONSIEVR
LE DVC D'ANIOV.

ONSEIGNEVR,

C'eſt l'Vniuerſité de Paris, qui en ce iour de lumiere vient offrir vn Cierge à Vôtre Alteſſe Royale, comme à l'Aſtre le plus brillant de la France, & qui approche le plus prés du Soleil.

C'eſt vn hommage, MONSEI-GNEVR, qu'elle vient rendre par de-

D

uoir à vôtre illuſtre naiſſance, & par incli-
nation, à vôtre Royale Perſonne; Elle
vient reconnoiſtre auiourd'huy cette clar-
té de iugement, ce feu, & cette ouuerture
d'eſprit qui rauit la Cour, qui ſurprend &
qui éblouit tous ceux qui ont l'honneur
d'approcher de vôtre Alteſſe Royale, &
qui l'éleue autant par deſſus les autres Princes par l'éclat & la generoſité de ſes pen-
ſées, qu'elle eſt deſia éleuée au deſſus des
perſonnes communes par la grandeur de
ſa Race, & par la vertu de ſes Anceſtres.

Vôtre Alteſſe nous permettra, MON-
SEIGNEVR, de vous témoigner la
joye, que nous auons de ce que vous joi-
gnez l'aſſiduité de l'étude à vn ſi beau na-
turel : Elle nous permettra de vous dire,
qu'en effet l'eſprit, & la ſcience des Grands
fait des coups d'Eſtat auſſi importants, que
leur courage & que leur eſpée; qu'vn Prince a plus beſoin de la teſte que du bras, &
qu'on a veu de vos Ayeulx eſtre auſſi re-
doutables dans leur Cabinet, que les autres

Roys à la teſte de leurs Troupes.

Nous eſperons, MONSEIGNEVR, que vous ne protegerez pas moins les Lettres qu'a fait vn de ces grands Princes, dont vous portez le nom. Nous vous promettons auſſi que les Lettres ne trauailleront pas moins à vôtre gloire, qu'elles ont fait à la ſienne.

C'eſt le ſouhait & la proteſtation que vous fait auiourd'huy l'Vniuerſité de Paris, qui en vous offrant ce Cierge voudroit vous pouuoir témoigner les ardeurs de l'affection ſincere, & la pureté du zele reſpectueux, qu'elle a pour vôtre Alteſſe Royale.

HARANGVES

Faites le 2. Février 1655.

PAR MONSIEVR LALEMANT
Recteur de la mesme Vniuersité

EN PRESENTANT LES CIERGES.

AV ROY.

IRE.

Quoy que nous sçachions que Vôtre
Majesté, qui reçoit les hommages de

E

toutes les Nations de la Terre, entende parfaitement la langue des Cefars, cette langue, qui regne vniuerfellement par tout le monde; le Refpect neantmoins que nous auons pour l'authorité Royale, & la qualité de vos tres humbles Sujets, dont nous tirons plus de gloire, que de celle de Maiftres, & de Docteurs de tous les Arts, & de toutes les Sciences, nous oblige a parler à Vôtre Majefté la langue de fes Eftats.

Les grands Princes, SIRE, font beaucoup pour leur gloire, d'aimer & de proteger les Lettres, fans qu'il foit toufiours neceffaire, qu'ils s'y occupent euxmefmes : Et la prouidence de Dieu vous ayant mis l'Efpée entre les mains en mefme temps, que la Couronne fur la tefte, nous admirons, SIRE, comme en pratiquant par neceffité le plus turbulent & le plus effroyable de tous les Arts, vous n'auez rien perdu de toutes ces Vertus charmantes, & aimables de

la paix, que Dieu a marquées fur le vifage
augufte de Vôtre Majefté, & qui la portent à fauorifer dans toutes les rencon-
tres l'Eglife, & les Sciences ; les innocens
& les affligez. Ouy, SIRE, nous admirons, comme vous fçauez ioindre fi
parfaitement la douceur & la clemence
qui fe fait aimer, à l'authorité qui fe fait
obeïr, & à la force qui fe fait craindre.
Nous admirons l'vnion de tant de qua-
litez agreables & bien-faifantes, auec cette
infatigable vigueur de corps & d'efprit,
qui porte Vôtre Majefté auec tant d'ar-
deur & de courage à tout ce qu'il y a de
plus laborieux & de plus perilleux dans
la guerre ; Et nous obferuons tous les
iours auec ioye, comme cette royale
fierté de vôtre vifage & de vôtre port,
que l'on peut dire eftre comme l'éclair de
la foudre, qui terraffe vos Ennemis, laif-
fe voir parmy les traits d'vne phifiogno-
mie martiale, quelque chofe de fi compofé
& de fi reglé, que nous ne pouuons pas

douter, SIRE, que Vôtre Majesté n
soit née particulierement pour les action
de la Iustice & de la Paix.

Vôtre Majesté, SIRE, nous permettra de le dire; ou que la Paix generale es
vn ouurage impossible, ou que vous l'a-
cheuerez ; ou que la misere de tous les
Peuples de la terre est eternelle, ou que
vous la deuez finir.

Voila, SIRE, les veritables sentimens
de ceux qui composent vôtre Vniuersité
de Paris, que nous vous prions, SIRE,
d'agreer; & d'accepter aussi ce Cierge
comme vn gage de nôtre fidelité, & vn
hommage de nôtre obeïssance. Que si la
qualité du present découure d'vn costé
nôtre impuissance, elle montre de l'autre la pureté de nôtre zele, puisque l'E-
glise aprés les loüanges & les prieres
n'offre rien aujourd'huy de plus pre-
cieux à la Diuinité, dont Vôtre Majesté,
SIRE, est la plus belle & la plus parfaite Image qui soit sur la Terre.

A LA REYNE.

MADAME,

Puiſque nous ne pouuons trouuer dans la mediocrité de nos fortunes, & de nos eſprits, dequoy faire à Vôtre Majeſté vn hommage, qui puiſſe égaler nos deſirs, & vôtre Grandeur; nous venons offrir à vos diuines vertus le meſme preſent, que

F

vous allez faire auec l'Eglise à la Diuinité,
les choses les plus precieuses vous sont in-
differentes, si elles sont prophanes; Et
apres auoir veu, que vous estimez infini-
ment moins le bonheur d'estre descenduë
de tant de Roys, que celuy d'estre re-
generée en Iesus-Christ, & que vous
preferez sans comparaison la grace d'o-
beir à la foy, à tous les droits que la Fortune & la Nature vous donne, de com-
mander aux Peuples, & aux Souuerains
mesmes; Nous ne doutons pas, MA-
DAME, que vous ne receuiez tres vo-
lontiers ce Cierge, qui estant la marque
de l'estime tres respectueuse, que nous fai-
sons de la pieté exemplaire de vôtre Majesté, deuiendra celle de la deuotion sin-
cere, & ardente, que vous auez vous
mesme pour Dieu.

C'est cette vertu, MADAME, qui
est la source de vostre Gloire particuliere,
& des felicitez publiques; C'est à elle que
nous sommes redeuables de la miraculeu-

fæ naiſſance du Roy, de l'heureux com-
mencement de ſon regne, des graces ex-
traordinaires de ſon eſprit & de ſon corps,
& enfin de la parfaite tranquillité de ce
Royaume.

Que ſi Vôtre Majeſté, MADAME,
n'a pas eſté aſſez puiſſante, ou aſſez heu-
reuſe pour donner par la force des ar-
mes, & par la prudence de ſes conſeils
la paix generale à la Chreſtienté, c'eſt
MADAME, que le Ciel n'eſtoit pas
encore reconcilié auec nos Ennemis, &
qu'il n'auoit pas encore marqué le terme
de leurs pertes & de leur honte. En
effeςt le Roy triomphe d'eux toutes les
campagnes, il couure leurs deſſeins de
confuſion. Mais, MADAME, vôtre
pieté dont le zele eſt ſi feruent, & les
exercices ſi continuels, nous obtiendra
enfin du Ciel ce preſent ineſtimable, &
affermira les conqueſtes de nôtre inuin-
cible Monarque par vne poſſeſſion paiſible, & par vn traité glorieux.

Et voila, MADAME, la plus grande gloire, que nous puiſſions ſouhaitter à Vôtre Majeſté, afin qu'elle puiſſe ioindre la qualité de Mere de la Patrie à celle de Mere du Roy, & de Liberatrice du Monde à celle de Protectrice de la France.

A LA

A LA REYNE
D'ANGLETERRE.

ADAME,

Si la force de voſtre eſprit n'eſtoit
connuë & admirée de tout le monde,
& ſi nous ne ſçauions que la bonne & la
mauuaiſe fortune ne peut eſblanler voſtre
ame, il nous ſeroit bien malaiſé de vous
venir rendre nos tres-humbles reſpects,
ſans nous plaindre de l'infidelité & de
l'inſolence de ceux, qui ſont deuenus
l'objet de la hayne de tous les Peuples,

G

depuis qu'ils se sont departis de l'obeïssance qu'ils doiuent à leurs Souuerains.
Mais, MADAME, quand nous consi-
derons que tout ce que la malice des He-
retiques, & l'audace des Rebelles a pû
iamais entreprendre contre vôtre repos,
n'a seruy qu'à vous faire parêtre aussi grande par vous-mesme, que vous l'estes par
la grandeur de vôtre Naissance Royale, &
par la vertu de vos Ancestres : Nous ado-
rons en vôtre personne la prouidence de
Dieu, qui vous a détachée de la terre
pour vous attacher plus étroitement à luy;
& nous esperons, que sa toute-puissance
embrassera enfin la cause de Vôtre Majesté,
qui a tout fait iusques icy, & qui souffre
tout à present pour defendre la sienne.

Ce sont, MADAME, les vœux &
les souhaits tres ardens de l'Vniuersité de
Paris, qui vient presenter auiourd'huy ce
Cierge à Vôtre Maiesté, non seulement
comme à la Fille de Henry le Grand, à la
Sœur de Louïs le Iuste, & à la chere Tan-

te de noſtre aimable Monarque ; mais auſſi comme à l'vne des plus ſages, des plus vertueuſes, & des plus pieuſes Prin-ceſſes du Monde.

A MONSIEVR
FRERE VNIQVE
DV ROY.

ONSEIGNEVR,

Apres auoir rendu no[s]
hommages au Roy, nou[s]
venons rendre nos tres-humbles respe[ct]
à Vôtre Alteſſe Royale. Vous eſtes le ſe[-]
cond objet de nos vœux, & de nôtr[e]
veneration, puis que vous eſtes le Princ[e]

qu[e]

qui ne cede par toute la terre qu'à nôtre seul Souuerain Monarque; Et comme la fidelité, qui vous attache à son seruice, & vous soubmet à ses Commandemens, fait voftre plus grande gloire, auffi la foubmiffion que nous vous rendons auiourd'huy, nous eft la plus glorieufe aprés celle que nous venons de rendre à leurs Majeftez.

Mais Voftre Alteffe, MONSEIGNEVR, nous permettra de luy dire, que fi de toutes les graces, qu'on peut receuoir de la Nature, la plus grande eft celle d'eftre le Frere vnique du plus puiffant de tous les Roys, & le Fils de la Princeffe la plus pieufe de la Chrêtienté; la plus precieufe qu'en fuite on puiffe obtenir du Ciel, c'eft de meriter tous ces grands aduantages. Pour eftre Prince, il ne faut que naiftre, pour eftre grand Prince, il faut le deuenir; Et c'eft, MONSEIGNEVR, ce que nous admirons dans voftre Alteffe Royale, qui outre les ad-

H

uantages d'vne glorieuse Naissance, & les graces naturelles du corps & de l'esprit, qui vous rendent les delices de la Cour, & qui vous font regner si agreablement sur les volontez & sur les affections des Sujets du Roy, s'acquiert encore tous les iours par l'estude & par l'exercice toutes les autres vertus, qui peuuent vous rendre capable des choses les plus difficiles, comme vous estes desia digne des plus belles.

Ce sont, MONSEIGNEVR, les iustes & raisonables esperances de toute la France, le sujet des prieres des gens de bien, & celuy des vœux de l'Vniuersité de Paris, qui venant aujourd'huy presenter ce Cierge à VOSTRE ALTESSE, comme elle a fait à sa Majesté, vient-vous témoigner en mesme temps, MONSEI-GNEVR, que les sentimens d'honneur, de respect & d'amour, qu'elle vous doit à l'vn & à l'autre, seront toussiours inseparables, comme elle espere que ceux

de la nature ſeront touſiours inuiolables
entre deux Freres les plus illuſtres, les plus
accomplis, & les plus aimables qui ſoient
dans tout l'Vniuers.